SV

Peter Handke
Untertagblues

Ein Stationendrama

Suhrkamp Verlag

Druck: Nomos Verlagsgesellschaft, Baden-Baden
Printed in Germany
Erste Auflage 2003
ISBN 3-518-41392-9

1 2 3 4 5 6 – 08 07 06 05 04 03

Untertagblues

Personen:

Ein wilder Mann
Eine wilde Frau
Etliche Zu- und Aussteigende

Die Zahl der Stationen ist keineswegs obligatorisch. Es können auch mehr – oder weniger – Stationen, bzw. Szenen werden. Zu beachten vielleicht, daß die Abstände zwischen den Einzelstationen am Anfang und am Ende länger sind als im Mittelteil, wie das beim Durchqueren einer Metropole von einer Peripherie zur andern eben die Regel ist.

1. Szene

Die Anfangsstation. Jede der Stationen hat mindestens zwei Namen; manche haben drei oder vier. Diese heißt zum Beispiel OUHABIA – TERUEL – EL ALAMEIN. *Die Metro oder die Untergrundbahn steht schon da und wartet, leer, hell, mit offenen Türen. Zu sehen ist nur einer der Waggons oder auch bloß ein Teil von diesem, welcher die ganze vordere Szene einnimmt. Die Waggonwand hin zum Zuschauerraum fehlt, oder verläuft unsichtbar in dessen ersten Reihen? Die Waggonhinterwand, mit offenen Türen, ist nah an der Rampe. Zwischen dieser und der Waggonhinterwand ist gerade Platz für eine von den zwei, drei Ein- und Ausstiegstüren unterbrochene Sitzreihe und vielleicht ein paar Haltestangen. Als erster betritt den Waggon – das muß nicht durch eine der Türen, kann auch irgendwie von der Seite geschehen – der* VOLKSREDNER *oder* WILDE MANN *oder* SPIELVERDERBER *oder* VOLKSFEIND, *oder was auch immer er darstellt. Er setzt sich nicht, geht vielmehr wie zur Probe auf der unterirdischen Szene auf und ab, bewegt lautlos und zugleich deutlich rhythmisch die Lippen, summt und stimmt sich ein. Schließlich bleibt er an einer der Haltestangen stehen und lehnt sich da an, verschränkt die Arme: auch das wie zur Probe. Bald schon haben auch andere Passagiere den Schauplatz betreten. Es sind zunächst wenige. Die Anfangsstation liegt – wie die Endstation später – weit draußen irgendwo. Die paar Leute haben sich gesetzt, stumm, mit den Gesichtern zu uns Zuschauern. Das Abfahrtssignal. Türenschließen, wie in Stereo. Die Fahrt geht los. Die Bewegung nur angedeutet und umso spürbarer. Die Fahrtgeräusche so minimal wie intensiv, ein zwischendurch leicht variierter Unterton. Einzig das überhelle Wagenlicht, mit dessen Widerschein an den Schachtwänden. Nach einer langen Pause unvermittelt –*

DER WILDE MANN
Und schon wieder ihr. Und schon wieder muß ich mit euch zusammen sein. Halleluja. Miserere. Ebbe ohne Flut. Ihr verdammten Unvermeidlichen. Wärt ihr wenigstens Übeltäter. Nichts da: ohne eine spezielle Übeltat seid ihr das Übel der Übel. Erlöse mich von eurem Übel. Mach mich die Leute da meiden. Einmal wenigstens, wenigstens für einen Augenblick. Himmlisch stelle ich mir den vor, himmlisch. Kaum aus dem Zimmer, muß ich schon mitten unter euch sein. Kaum aus der Tür getreten, bin ich gezwungen, mich in eurer Gesellschaft zu bewegen. In eurer Gesellschaft? In eurer Unnatur. Warum bin ich nicht hoch auf dem Anapurna oder wenigstens auf dem Mount McKinley statt mit euch in dieser stickigen Tiefe? Andrerseits tretet ihr ja auf dem Himalaya und in Alaska inzwischen noch geballter auf als hier im Unter-

grund. Auf Schritt und Tritt kreuzt ihr meine Wege. Ihr durchkreuzt sie, mit eurer gottsjämmerlichen und von allen guten und insbesondere schönen Geistern verlassenen Unnatur. Augenblicklich, mit meinem ersten Schritt draußen im sogenannten Freien, schneidet ihr mir auf Teufel komm raus den Weg ab. Und das nicht einmal in böser Absicht: ihr Zeitgenossen könnt gar nicht mehr anders. Einem die Wege abzuschneiden, ihm den Vortritt zu rauben, ihm die Vorfahrt zu stehlen, das ist euch inzwischen im Blut. Ihr seid die Wegelagerer. Mir? Der Bevölkerung. Oder dem, was davon übrig ist. Verstanden? Geht das in eure schandbar häßlichen Schädel? Herrje: Warum bloß bin ich nicht zuhause geblieben, in meinem Zimmer, allein? Was für eine Fernsicht dort, auch wenn der Blick nur auf eine Dachrinne geht. Was für eine Perspektive von meinem Sessel aus, auch wenn sie in ein Astloch mündet. Andrerseits: Allein im Zimmer – noch eins schlimmer. Zuhausebleiben, ich? Ich? Nein, ihr gehört nachhause, ihr. Warum bleibt ihr nicht endlich einmal vollzählig und ganztägig in euren Löchern und Unterschlupfen? In die toten Winkel mit euch. Die toten Winkel sind euch angemessen, und man müßte euch so auch endlich nicht mehr vor Augen haben, nimmermehr, ah, nimmermehr. Erlöst mich von eurem Anblick. – Habe ich Anblick gesagt? – Unterwegs habt ihr doch nichts mehr zu suchen, nichts über der Erde, und unter der Erde genauso nichts. Im

Freien unterwegs zu sein, dazu habt ihr jedes Recht verloren. Fernsichtverhinderer, Perspektivenverdränger, Zwischenraumersticker: Weg mit euch von den Straßen und Plätzen. Macht euch ungeschehen. Was hast du, und du, und du da, auf der Erde denn noch zu suchen? Auf einen anderen Planeten mit euch. Planeten? Auf den Unstern mit euch, wo ihr hingehört. Oder wenigstens weg mit euch auf die Malediven, die Seychellen, die Antillen, die Aleuten, nach Hawaii, nach Las Vegas, nach Kenia, nach L. A., nach Marrakesch, Tanger, New Orleans und zu den Victoria- und den Niagara-Fällen, ohne Wiederkehr. Zieht euch aus dem Verkehr, besonders du da mit deinem Rundschädel, und genauso du da mit deinen angewachsenen Ohrläppchen, und du mit deinem Kettenraucherröcheln, und du dort mit deinem speziellen getesteten Undergroundparfum. Zieht euch aus dem Verkehr. Macht euch ungeschehen und ungeboren. Oder macht euch um des Himmels und der Erde willen wenigstens unsichtbar. Laßt euch nicht mehr hören und nicht riechen. Mir aus den Augen, den Ohren und aus den Nasenlöchern. Ich zittere? Ja, ich zittere. Ich zittere vor euch? Ja, ich zittere vor euch. Zittere ich vor euch aus Ehrfurcht und Hochachtung? Schön wär's. So zittern würde ich vor euch, wenn ihr Könige, Bauern und Arbeiter wärt. Aber nichts mehr an euch erinnert an Arbeiter, an Bauer, an König. Zittere ich vor euch aus Mitgefühl? Gut wär's, und es war einmal. Ich zittere, ich bebe, ich erbebe, und es schüttelt mich. Es rüttelt mich, aber das kommt nicht vom Fahren. Es schaudert mich vor euch. Aber dieser Schauder ist nicht mehr, wie einst einmal, mein bester Teil. Ich stehe hier und kann nicht anders als mich vor eurer Gesellschaft de profundis zu ekeln, von der Station Alpha bis zur Station Omega. Purer Widerwille vor eurer aufgeplusterten Leibhaftigkeit. Pur? Vorher aussteigen? Kommt nicht in Frage. Ich bleibe mit euch Rauchkringelbläsern und Klickmausgestalten bis ans Ende der Linie, bis Barnet, Tetuan, Kumanovo, bis zur Via Flaminia, bis Jasnaja Poljana, bis Mar Girgis und Heluan, oder wie die Stationen auch heißen. Ich bleibe bei euch bis Mitternacht, Ostern, zur Baumwollernte, zum letzten Schnee. Denn immerhin keiner hier unten, den ich kenne. Immerhin kein bekanntes Gesicht. Wenigstens Unbekannte. Ich freue mich auf unsere Fahrt.

DER WILDE MANN *hat das fast durchgehend in einem Tonfall von Heiterkeit geäußert, in einem klaren Singsang. Seine Mitpassagiere waren dabei, wie sie waren; saßen, wie sie saßen; taten, was sie eben taten: Lesen, Kopfwenden, Mobiltelefonabhören, usw. Vielleicht nahmen sie den Redner zwischendurch auch wahr, blickten kurz zu ihm auf, usw. Aber sie schienen ihn höchstens momentweise zu hören. Und so wird es auch auf den folgenden Fahr- und Redestationen bleiben, bei ihnen wie auch bei den später dazukommenden Passagieren. Angedeutete Ankunft jetzt in der Zweiten Station. Ein Fahrgast steigt vielleicht aus, zwei, drei neue kommen in der Szene dazu, setzen sich. Name der Station etwa:* PORT ROYAL IN DEN FELDERN / VEN-SAM-DIM?

2. Szene

Nächste Fahrtstrecke, leicht variiert. Nach einer Blick-, Atem- und Einstimmpause (durch Summen) geht DER WILDE MANN *weiter im Text:*

DER WILDE MANN
Wenigstens Unbekannte, ihr? Aber warum kommt ihr alle mir dabei so bekannt vor? Sattsam bekannt. Teuflisch bekannt. Ich weiß, wer du bist. Und wer du da bist. Und wer du da bist. Ich kenne euch von außen wie von innen. Du da, du hast eingewachsene Fußnägel. Und du pfeifst vor dich hin auf offener Straße, und du pfeifst, wenn du irgendwo in einer Schlange stehst, und du pfeifst, wenn du in deinem Terminkalender blätterst. Du pfeifst und runzelst dabei die Stirn. Wozu brauchst du im übrigen einen Terminkalender? Wozu Termine? Ja, schämst du dich denn nicht? Und bevor du dich hinsetzt, gleichwo, ziehst du die Hosenbeine hoch. Statt Beine hast du nichts als Hosenbeine. Und dein Garagentor quietscht schon seit über fünf Jahren. Und jedesmal, wenn du die Zeitung umblätterst, machst du das mit einem Knall. Und du redest nur in Hauptsätzen. Und deine sogenannten Gartenarbeiten machst du nie ohne deine Maschinen und immer zusammen mit deiner langjährigen Frau. Und wenn dein Apfelbaum für ein Jahr keine Früchte trägt, sägst du ihn mit der

Motorsäge um. Und wenn dein Apfelbaum Früchte trägt, läßt du sie auf dem Baum verfaulen. Und als sogenanntes Kind hast du dich von morgens bis abends zu Boden geworfen und mit den Beinen gestrampelt. Und jetzt noch, wenn dir etwas nicht paßt – und nichts paßt dir, obwohl du alles hinnimmst –, stampfst du mit einem Bein auf. Und im Krieg hast du Propagandafilme für die Armee gedreht. Und nach dem Krieg tratst du als Fremdenführer auf. Und noch nie hast du einen Satz zuende gedacht. Und noch keinmal in deinem sogenannten Leben kam von dir ein »Ach!«, oder ein »Ah!« oder ein »Oh!«, geschweige denn ein »Wie schön!« Und wenn du je geträumt hast, so hast du dich noch keinmal daran erinnert. Und deine sogenannten Nachfahren wünschen dir den baldigen Tod, und das nicht bloß, weil sie dich beerben möchten. (Im übrigen hast du nichts Vererbenswertes zu vererben.) Oder sie hoffen allmorgendlich, wenn du aus dem Haus gehst, du mögest nie wieder heimkehren. Nie mehr die Schritte des sogenannten Vaters im Vorraum hören müssen. Nie mehr seinen monströsen Schlüsselbund klirren hören müssen. Mann, wie hältst du dich bloß selber aus? Warum fährst du nicht aus deiner Haut, weg zum Stern der Ungeborenen? Weg mit dir, in einen hohlen Baumstamm, in eine Dunkelkammer, in einen Mondkrater, ins Säurebad. *Unvermittelte Wendung an einen anderen Passagier, eine Frau.* Und du, was hast du da nur ständig vor dich hinzulächeln? Wem willst du da eine eben noch durchlebte Liebesnacht vortäuschen? Was soll der aufgemalte Schimmer auf deinen Lippen? Was soll dein Kunstlichtblick? Und während du zum Schein an den Lippen deines Scheingeliebten hingest, stiertest du in Wahrheit nur deine dummen Fingernägel an. Nichts war zwischen dir und dem andern, nichts. Nichts ist, und nichts, rein gar nichts wird gewesen sein. Und wenn etwas gewesen ist, ist es dir längst schon entfallen, und ebenso bist du entfallen schon längst auch deinem Scheinliebhaber. Was er von dir behalten hat, das sind deine abgebissenen Scheinfingernägel, das ist das taube Gefühl – Gefühl? – vom Berühren deiner gefärbten Haare, das ist das Halskettchen von deinem Vor-Liebhaber, das ist der Ausdruck – Ausdruck? – der falschen Seligkeit auf deinem Gesicht. Und alles, was du von dem Mann und von der sogenannten Liebesnacht zu guter Letzt behalten wirst, das wird das Abreißen eines Schuhbands sein, das wird ein Aufeinanderknallen von Kniescheiben sein, das wird die Kälte im Zimmer sein. Und wo war bloß der Lichtschalter im fremden Hausflur? Und wie hieß die fremde fremde Straße? Du wußtest nicht mehr, wo du warst. Und du weißt noch immer nicht, wo du jetzt bist. Böser, böser Mond geht auf. Sei mir gegrüßt. Warum ich dich grüße? Angeblich wird durch Grüßen das Böse abgeschmettert, angeblich.

Nächste Einfahrt. Kein Aussteigen. Einzelnes Zusteigen. Der Neuankömmling nimmt Platz in der Reihe und tut und läßt, was man bei einer Metrofahrt tut und läßt. Angedeutete Weiterfahrt. Doppelname der Station: LA PAZ / MÜHLDORF / HAKUBUTSUKANDUBUTSUEN. *Nach einer angemessenen Pause (samt Vor-Summen und Taktschlagen) setzt* DER WILDE MANN *sein Reden fort:*

3. Szene

Der wilde Mann
Schluß mit eurem Bücherlesen in der Metro – überhaupt in der Öffentlichkeit. Wem wollt ihr bloß derart vortäuschen, daß ihr Leser seid? Das Lesen und das Öffentliche, das schließt einander aus. Und mit Lesen meine ich das wirkliche Lesen, das tätige. Was ihr da mit den Büchern in den Händen aufführt, das ist alles andere als ein Lesen. He du, was ist das denn für ein Lesen, von dem du so dünne Lippen bekommst, noch dünnere, als du sie ohnehin schon vor dir herträgst. Was ist das für ein Lesen, bei dem du die Stirn noch häßlicher runzelst, als sie dir ohnehin von Natur aus schon gerunzelt ist, und bei dem du eine deiner zutiefst unschön geknickten Brauen hebst, so daß sie noch um einen Grad geknickter und messerspitzer erscheint – erscheint? erscheint? – wie die Knickbraue eines Steuerfahnders, statt daß deine Stirn sich glättet, empfangsbereit wie allein eine Leserstirn. Und dein Mienenspiel – Spiel? – beim Blättern: als ob du dem Buch einen Dienst erwiesest, du Wirtschaftsprüfer. Du Zerrbild eines Lesers du. Statt glühender Wangen zwei Topflappen. Von der Heimkehr des Odysseus, von der Verbannung des Raskolnikoff, vom Unglück und vom Glück der Jane Eyre liest du mit deiner schon im voraus gerümpften Nase und kaust Kau-

gummi über den Tod des Fremden. He du, nimm Abstand von den Büchern. Befingere endlich anderes als die Werke. Befingere, was dir entspricht. Befingere die Fernbedienung. Befingere die Orden deiner Vorfahren. Befingere dein Toupet. Befingert eure Gebetsschnüre. Befingert eure Hühnerknochen. Befingert euren Nord- und Südpol. Nur befingere kein Buch mehr. Befingere gar nichts mehr. Das einzige, was dir entspricht, ist gar nichts. Nichts mehr entspricht euch, nicht einmal die Hölle. Oder vielleicht doch etwas? Aber was? Eine Windhose? Ein Kartoffelkäfer? Ein Lesezeichen für ein Blindbandbuch? Ein Stück Segel ohne Boot? Laß jedenfalls deine Spinnenfinger und deinen Strafmaßblick von den Büchern, ab sofort, für immer. Beglotz dafür die zur Fahrtzerstreuung ausgehängten Plakatgedichte, Gedichte gratis, Gedichte, für die niemand ans Lesen zu gehen, zu gehen, zu gehen! braucht: für die ihr kein Leselehrgeld bezahlt. Verschwindet. Nein: lest verschwunden. Lest und lebt endlich wieder verschwunden. Wie im Mittelalter. Wie im Wüstenzelt. Es war nicht Gottes Wille, daß ihr so sichtbar würdet. Nicht so!

Einfahrt in die Folgestation, die wieder zwei, drei Namen trägt, etwa HOBOKEN – BIR HAKEIM – SCHÖNHEIDE. *Ein einzelner Zusteigender. Die anderen bleiben (s. o.). Weiterfahrt. Auf- und Abpatrouillieren des* WILDEN MANNES *und Sicheinstim-*

men (s. o.). Dann, erst an den (oder die) Neuzugestiegene(n) gerichtet, und in der Folge auch wieder an die versammelten Übrigen:

4. Szene

Der wilde Mann

Schon wieder eine Unform. Ich verstehe dich ja. Du hast allen Grund zum Traurigsein. Deine Lage ist aussichtslos. Deine Zukunft? Eine tintenfischschwarze Wolke. Du bist nicht gern, wohin es dich verschlagen hat. Du bist nicht gern, wo du hinsollst. Deine Sorgen vergessen könntest du nur auf der Fahrt jetzt. Aber nicht bloß sorgenvoll siehst du mir aus, sondern trostlos, rettungslos trostlos. Schon wahr: Zuhause – was heißt da zuhause? – das Chaos, außen wie innen. Letzte Nacht ist dein Fernseher explodiert. Im Traum hast du dein einziges Kind vergewaltigt. Beim Zähneputzen ist dir der Tubenverschluß in den Ausguß gefallen. Den letzten Liebesbrief an dich – mehr als zehn Jahre ist das nun her – hast du mit deinem Winteranzug in die chemische Reinigung gegeben. Gleich nach dem Fensterputzen ist dir der kackgelbe Wüstensandregen gegen die Scheiben geklatscht. Dein Bett ist viel zu breit für dich allein. Im Tagebuch deiner Mutter – dem einzigen Ding, das sie dir vererbt hat – hast du gerade erst gelesen, daß sie seinerzeit verzweifelt versucht hat, dich abzutreiben. Und dein Vater ist abgebrannt, mitsamt seinem Land. Und schon wahr: Deine Arbeit widert dich an. Du siehst sie nicht als eine Arbeit, sondern als ein Zeitverlieren. Ein Zeitverschwenden. Ein Zeitvertun. Ein Zeitabschlachten. Ja, gemeinsam mit all denen, die wie du ein Arbeiten nur noch vorspiegeln, tötet ihr euch, und einer dem anderen, die liebe Zeit. Wie schön ziellos warst du doch einmal. Wie häßlich zielbewußt bist du jetzt, zielbestimmt, zielversklavt! Und du haßt alle andern. Kannst sie nicht mehr riechen. Sogar ihre verschiedenen Schuhgrößen widern dich weidlich an. Beim Geräusch ihrer Stimmen aus der Ferne – Ferne? – möchtest du auf der Stelle kehrtmachen, aber wohin? Im Lift mit ihnen zusammen, drängt es dich, dich zu bekreuzigen, oder dich in deiner Not nach Mekka zu wenden. Aber wo liegt, vom Lift aus gesehen, Mekka, wo Jerusalem, wo das Heilige New York, wo Corpus Christi, wo wer? Wo? Auf einen fliegenden Teppich und nichts wie weg von euch Mitarbeitern und Mitmenschen und Mitmachern, auf Nimmernimmerwiedersehen. Wie hast du doch einmal gern und begeistert gelernt, und all dein liebes Lernen: jetzt dafür? Ich verstehe dich. Du hast allen Grund zum Verzweifeln. Aber heißt das, du darfst dich dabei derart häßlich gehenlassen? Du darfst dich so trostlos häßlich darbieten? Nein, ich werde dich nicht retten. Niemand wird dich retten. Wie hieß es doch einmal: Gesicht des Andern – stillste Musik. Und jetzt? Und jetzt? Und jetzt?

Einfahrt in die Folgestation, wieder mit zwei, drei Namen, nach Belieben. Ein neu Zusteigender, etc. Sich-Einsummen, etc.

5. Szene

DER WILDE MANN
Na, wenigstens kein Telefonnetz hier unten – denn wird an eurem Mienenspiel beim Telefonieren nicht klar, daß jede Wahrheit aus der Welt ist? Alptraumgeschöpfe! Gespenster. Na, du Gespenst: Hast auf Kiemenatmung umgeschaltet vor Weltverdruß? Aber das bringt jetzt auch nichts mehr. Früher, da habt ihr Trostlosen wenigstens noch eine Form bewahrt. Es gab sogar die spezielle Schönheit der Hoffnungslosen dieser Erde, und nicht bloß auf den alten Schwarzweißkunstphotographien. Ah, die klaren Gesichter, Mienen und Gebärden der früheren Verzweifelten. Wenn schon rettungslos, dann bitte monumental, hochaufgerichtet, denkwürdig. Ihr aber seid bloß Geknickte, Unförmige, die eigenen Leichenbitter, nicht einmal Trauer-, sondern Trübsinnsklöße, trübe oben von den Haarwirbeln, den längst ausgewirbelten, bis hinunter zu den in euer Schuhwerk, euer Schuhzeug verkrallten Zehen. Abstoßende heutige Untröstliche. Gegenwärtige Unglückliche: Ausbunde an Häßlichkeit. Nicht endenwollend Häßliche ihr. Schleierpflicht für sämtliche zeitgenössischen Trostlosen. Ah, ihr Fernen, Undeutlichen, Edlen, Schönen dort im Nachbarabteil und dort im Gegenzug. *Wendung an den oder die Neudazugekommene(n).* Und du da: He, mit welchem Recht

trittst du eigentlich derart fröhlich auf? Wie blödsinnig heiter du dreinschaust. Wie stumpfsinnig guter Dinge du dich gibst. Dabei, sagt man, gingen früher einmal doch Heiterkeit und Anmut Hand in Hand? Frohen Mutes zu sein, heißt es, war für sich schon Tanz? Inzwischen zeigst du Frohsinniger dich so debil wie ein leibhaft Debiler nie und nimmer. Das sogenannte Glück, statt dein Gesicht zu verschönen, verunstaltet es inzwischen. Und ein Glück und eine Freude, die verunzieren und verzerren, wer kann an die glauben? Ich glaube nur dem Schönen, leider, zu meinem Leidwesen. Vermaledeit sei eure gute Laune, oder der Spaß, den ihr scheint's habt. Wenn die Akteure anderer Epochen vielleicht einmal gelächelt haben vor Seligkeit, stellt ihr mir euer unverwüstliches Grinsen zur Schau. Und wenn ihr im Film euch heißleidenschaftlich küßt, möchte ich Zuschauer die Schönheit eines Froschmauls preisen. Ein Lachen gabs einmal, das mich ansteckte. Nein, nicht zum Mitlachen. Zum Mitfreuen, still. Ha, nichts Stilleres, als von so einem Lachen angesteckt worden zu sein zum Michmitfreuen. Was konnte ein Lachen für Freude offenbaren, und nicht bloß ein Lachen von Kindern. Und inzwischen können auch schon eure Kinder längst nicht mehr lachen und uns anderen etwas schönlachen. Ah, endlich ist die Freude entzaubert. Aus den Genen gemerzt. Endlich kommen schon unsere lieben Neugeborenen grundsätzlich freudlos auf die Welt, sind dabei umso langlebiger. Ah, die geballte Zufriedenheit in deinem Gesicht. Oder ist das zufriedene Häßlichkeit? Was war zuerst? Deine Häßlichkeit und in der Folge die doppelt häßliche zufriedene Häßlichkeit? Oder warst du gar einmal schön? Wurdest dann aber zufrieden und folglich häßlich. Häßlich, häßlich, häßlich.

Einfahrt. Ein Zusteigender, oder zwei? Weiterfahrt, rasch.

6. Szene

DER WILDE MANN *gähnt die Neuzugestiegenen an:* Ah, ein Lachen gab sich zeitweise zu hören, das einem Beine machte. Das einem Flügel wachsen ließ – wenn auch nur für den Augenblick: immerhin. Was für ein Lachen wurde zeitweise laut, ohne je laut zu werden. Die schönste der Ablenkungen. Die wesentliche Ablenkung. Ein Lachen, das eine Kunst war. Eine große Kunst, eine unabsichtliche. Ah, was für ein Lachen verbreitete zeitweise eine solche Freude, daß dieses jene Lachen zugleich tief, tief und tief wehtat. Auch euer Lachen tut weh, nur anders. Euer Lachen ist keine Kunst. Und nicht nur ist euer Lachen keine Kunst, sondern es ist auch keine Art, und hat auch keine Art. Und euer Lachen ist keine bloße Unart. An eurem Lachen ist wie bei keinem andern eurer Geräusche zu erpegeln, wie aus der Art geschlagen ihr seid. He, Leute, lacht wenigstens einmal noch wieder anders. Lacht aus dem vollen Herzen. Lach über dein ganzes Gesicht. Freilich müßte dazu dein Gesicht noch ein ganzes sein. Früher habe ich die Tage gezahlt, die ich allein war. Jetzt zähle ich die Tage, die Stunden, die Sekunden mit euch, in Gesellschaft. Und, nicht wahr, dir geht es genauso. Du hast auch genug. Und du auch. Und du auch. Genug! Und immerhin gehören wir so zusammen, nicht wahr? Und immerhin sind wir beim Fahren im Rhythmus, und ich bin im Gleichtakt mit euch, meine Metro-Indianer. Hier spielt es sich ab. Hier ist es. Ist es hier? Die letzte Art von Festlichkeit hier unten im Gedränge?

Einfahrt. Erstmals ein, zwei Aussteigende. Stationsnamen etwa TIRSO DE MOLINA – SCHOTTENRING – HUDI LOG (= BÖSENORT) ... *Angedeutete Weiterfahrt (s. o.).* DER WILDE MANN *nach seinem, immer kürzeren, Vorsummen gleich weiter im Text:*

7. Szene

DER WILDE MANN
Liebe häßliche Zeitgenossen: das Schlimmste daran ist, daß ich angesichts eures Unglücks und/oder Glücks der Häßlichste von uns allen geworden bin. Grimasse zu Grimasse, Staub zu Staub, Unkraut zu Unkraut. Dabei bin ich einmal so schön gewesen. Wie schön war ich einmal. Wie grün war mein Tal. Wie hoch war mein Himmel. Wie feingliedrig waren meine Hände. Wie leuchteten meine Augen und glänzte mein Schuhwerk. Und dazu die lichte Weite meiner Schritte. Und das Rollen meiner Schultern und meiner Konsonanten. Und die Notenschlüssel meiner Nüstern. Und die Stabreime meiner Sätze. Und meine Stirn ein Empfangsschirm für gute und schöne Götter in jeder Menge und in allen Größen. Ah, ihr hättet mich sehen sollen, als ich noch ohne euch war und ohne euch sah sich röten den Tag, schimmern die Nacht. Mit euch zusammengezwungen, schuldhaft Häßliche, bin ich schuldlos häßlich geworden. Und niemand ist bekanntlich häßlicher als jener, der nichts dafür kann. So wie ja auch bekanntlich kein Volk wüster Krieg führt als jenes, das noch nie einen Krieg geführt hat und mit dem Krieg nicht umzugehen weiß. Ihr, liebe Leute, wißt mit eurer Häßlichkeit wenigstens umzugehen. Es ist euch angeboren. Es ist euch vererbt von euren Müttern

und Vätern. Ich aber! Anders als ihr habe ich weder die Umgangsformen noch die Tarnfarben für eure Stockhäßlichkeit. Und mich braucht niemand. Immerhin etwas. Ein kleiner Trost. All ihr fürchterlichen Leute, die ihr gebraucht werdet. Und ihr noch weit Fürchterlicheren, die ihr euch so stolz gebraucht fühlt!

Nächste Einfahrt. Etwa ZORNEDING – SESANA – ZANDVORT. *Weiterfahrt, etc.*

8. Szene

Der wilde Mann
O ich dreimal Häßlicher. Angesichts deiner Dünnlippen bekomme ich dreimal so dünne Lippen. Angesichts deines faulen Zahns fallen mir auf der Stelle drei mal drei Zähne aus. Angesichts deiner Schuppen überzieht sich mein ganzer Körper mit Schuppenflechte. Vor deiner Menschenaffenstirn schrumpft mir die meine zur Affenaffenstirn. Wenn ich dich in deinem ewigen weinroten Pullover sehe, kommt es mir, daß ich in einem noch ewiger roten dreiteiligen Anzug unterwegs bin. Wenn ich dein vermaledeites Hüsteln höre, bin ich gezwungen, dem noch dreimal so scheußlich nachzuhüsteln, bis zur Endstation, bis in mein Haus hinein, bis in den ersten Schluck des Feierabendweins hinein, bis in meine nächtlichen Liebeserklärungen an die schöne Abwesende hinein. Ich liebe dich. Hüstel hüstel. Und wenn ich anstelle eurer Augen Würmer sehen muß, regen sich anstelle meiner Augen Drachen. Und wenn mich anstelle eurer Augen schwarze Löcher kreuzen, verstummt mein ganzes Wesen und schweigt?, nein, wird mein Wesen zu einem Unwesen. Ha, ich wesenlos Häßlicher. Werde ich euch denn nimmermehr los? Sterbt. Nur sterbend haltet ihr andere am Leben. Nur noch als Sterbende wärt ihr zu was nutze.

Neue Station: SANTA FE – DORNGRUBE – PYRAMIDEN *oder was immer. Aus- und Einsteigende. Ist nicht einer der Einsteigenden schon einmal ausgestiegen? Weiterfahrt. Nach der üblichen Atem- und Einstimmpause* DER WILDE MANN *weiter im Blues:*

9. Szene

DER WILDE MANN *fletscht zwei an:*
Na, ihr zwei Hübschen. Es ist klar: Ihr zwei da haltet euch für ein schönes Paar. Für etwas Schöneres und Besseres als eure Mitfahrer. Wie reckt ihr eure Hälse und überseht dabei alle anderen. Und kostümiert seid ihr wie der Herr Ritter und sein Ritterfräulein. He ihr: Wer hat euch bloß eingeredet, daß ihr aus einer anderen und größeren Zeit stammt? Und wenn ja: Was habt ihr dann unter uns, neben mir, zu suchen? Was sucht ihr bei uns anderen in der Untergrundbahn? Warum nehmt ihr kein Taxi? Oder eine Limousine mit Chauffeur? Oder fahrt unter freiem Himmel, im Cabriolet, mit offenem Dach? Mit eurem Schönes-Paar-Gehabe beleidigt ihr meine ohnehin schon leidenden Augen. Euer Kreuzfahrt-, Rallye-, Regatta-, Laufsteg- und Boxenstop-Gehabe hier in meiner lieben Metro ärgert mich. Eure gelängten Wimpern ärgern mich. Eure auffrisierten Nasen ärgern mich. Eure aufgepumpten Lippen ärgern mich. Eure weißpolierten Zähne ärgern mich. Eure ganze wattierte Ritterpaarrüstung ärgert mich. »Mike und Vanessa«, so habt ihr euch umgetauft für eure Clique – dabei hattet ihr so klangvolle Herkunftsnamen, »Milan und Aparecida«! Und immer seid ihr zusammen. Immer zweisam. Wo soll denn das hinführen? Schande über euch. Weg

mit euch aus meiner Bahn. Verschwindet von unserer Strecke. Stolziert stattdessen den Broadway hinauf und hinunter. Oder überquert in der Diagonale auf Rollschuhen, Rollerskatern, Araberpferden, Surfbrettern und Zweihandseglern den Roten Platz, die Plaza Mayor, die Piazza del Popolo, den Gendarmenmarkt, die Hauptwache. Das hier ist mein Bereich. Das hier ist unser Bezirk. Ihr zwei Schönen habt nicht das Recht, hier aufzutreten. Und wenn ihr schon hier sein müßt: Macht euch wenigstens unsichtbar. Macht euch unsichtbar, indem du zum Beispiel seine Hand suchst, und du da die ihre. Indem ihr euch umschaut, ihr Niemandspärchen, nach den anderen hier. Indem ihr eure Visiere und Knieschützer in die Waggonecken schmeißt. Indem ihr beim Auftritt der Kontrolleure fahrig nach euren Fahrscheinen sucht. Indem ihr euch von mir zwei Monatsstreckenkarten zustecken laßt. Indem ihr euch die Lippen dünnbeißt. Indem ihr euch die Haare rauft. Indem ihr heult und mit den Zähnen knirscht. Indem du ihm die Knöpfe von seinem Seidenhemd reißt. Indem du ihm deinen Preis nennst, und er dir den seinen. Indem ihr aufeinander losprügelt. Indem ihr gemeinsam aus Nase, Mund und Ohren blutet. Indem ihr euch verfehlt, und noch einmal verfehlt – wieviel schöner ist es doch, einander zu verfehlen als zu finden, nicht wahr? Hört auf zu weinen. Nein, schöner Mann und schöne Frau, nein, keine Tränen.

Nächste Station. HEILIGENSTADT – TRIBUNAL – ... *Aussteigende. Zusteigende. Sind diese nicht vorher schon einmal ausgestiegen (s. o.)?* DER WILDE MANN *fährt, nach neuerlichem Eintauchen des Zugs ins Dunkel, fort im Blues:*

10. Szene.

Der wilde Mann
Du da: Deine Verkleidung nützt dir nichts mehr. Aus mit dem Inkognito. Du bist erkannt, Hochwürden. Dein weiß-und-purpurnes Gewand schimmert durch dein Demut spielendes Sackleinen. Auf welcher Pilgerfahrt bist du denn heute unterwegs? Den Boden welcher Station wirst du heute wieder küssen? Gibt es denn keinen Ort mehr auf der Welt, den nicht eine Inschrift verunziert, des Inhalts, daß du auch schon da Station gemacht hast? Du falscher Pilger du. Du falsches Oberhaupt du. Du verjährte und verspielte Autorität. Sprichst in niemandes Namen mehr. Ah, würdest wenigstens in Niemandsnamen sprechen. Zu oft hast du in Gottes Namen gesprochen, wenn du in Gottes Namen hättest schweigen sollen. Zu oft hast du in Gottes Namen geschwiegen, wenn du in Gottes Namen hättest sprechen sollen. Und immer noch erhebst du zyklisch deine Stimme im Namen einer Allgemeinheit. Es toben die Heiden? Noch schlimmer toben die sogenannt Gläubigen. Hinweg mit dir von der Allgemeinheit in die Sommerfrische. Dort kannst du sommers wie winters zwischen gerechten und ungerechten Kriegen unterscheiden. Erst als die dir Anvertrauten erschlagen waren, hast du ihnen die Unsterblichkeit verheißen. Erst als der verlorene Sohn verreckt war, hast du ihm

zu Ehren das Kalb geschlachtet. Erst als dein Vater verbrannt war, hast du sein Skelett aus dem brennenden Troja getragen. Wann dankst du endlich ab, in unser aller Namen? Warum, statt hier die Rückkehr in eine Katakombenwelt vorzugaukeln, gehst du nicht tatsächlich zurück in die wahren Katakomben, mit mir und uns anderen, wo der dir angemessene Platz wäre? Oder warum stehst du samt deinen Menschenfischersandalen nicht einfach irgendwo draußen im Nachtwind? Ah, wo bleibst du, Katakombenmenschlichkeit? Die alte Welt gibt es nicht mehr. Und die neue? Erst recht nicht mehr?

Folgestation. SOL-CANCUN-CARNUNTUM *(s. o.). Weiterfahrt. Und* DER WILDE MANN *weiter im Blues, entgegen dem Blues-Grundton eher obenhin, wie fröhlich?:*

11. Szene

DER WILDE MANN
Habe die Ehre: Ein Universalpreisträger mit unsereinem im Abteil. Sag an: Warum bist du nicht zuhause in deinem Labor oder sonstwo geblieben? Wo soll dich das hinführen: Von Tagung zu Tagung, vom Bodensee zum Missouri, von Kristiania zum Rio de la Plata, von Porto Alegre zum Finsterlicht? Hättest du das Spalten des Atoms verhindert, ja, das wäre preiswürdig gewesen. Aber du hast es nicht verhindert, nein, nein und nein. Und jetzt bist du verdammt. Verdammt, deinen Lebtag lang – aber was heißt bei dir Leben und Tag? – hauslos und ortlos und sinnlos herumzukurven als der Weltwürdenträger. Und zu allem mußt du was äußern, und äußerst es auch von einem Breiten- und Längengrad zum andern, und aus dem Stand und Stegreif, ob gefragt oder ungefragt. Für alles bist du preisträgerhaft zuständig, als Sachverständiger, als Mitglied des Rates der Weltweisen, als Sonderbotschafter auf Sondermission für samt und sonders Besonderheiten, mit Freifahrt erster Klasse überallhin, freier Kost, freiem Wohnen auch in den Beduinenzelten, Iglus und tibetanischen Ferienbauernhöfen und kalifornischen Schönheitsfarmen, mit Freikarten für die Geisterbahnen und Ost-West-Raumschiffe vom Wiener Prater bis zu den Spiegelkabinetten von

Shanghai. Ah, das Quietschen eurer Preisträgerschritte auf den Parkettboden von Versailles bis Potsdam. Ah, eure sonoren Stimmen bei euren täglichen Preisträgerstellungnahmen. Ha, euer verschmitztes Preisträgerbeisammenstehen für das Gruppenphoto unter den Palmen der Hängenden Gärten hinter dem Rosa Haus am Fuße des Kilimandscharo und unter der Kuppel des euch zu Ehren aufgestellten Festzelts im Prinzenparkstadion. Kein Haar auf euren polierten Preisträgerschädeln, das nicht parallel zu sämtlichen anderen Haaren auf sämtlichen anderen Würdenträgerschädeln verläuft, und keine Glatze, die nicht im Gleichklang glänzt mit der Glatze des anderen Elitemitglieds. Habt schon als Säuglinge würdenträgerisch an den Brüsten eurer Mütter gesaugt, o euer huldreiches Saugen, o euer offiziöses Aufstoßen danach. Ihr Vogelscheuchen auf den Fruchtlosfeldern der sogenannten Weltöffentlichkeit, Vogelscheuchen und zugleich im eigenen Netz gefangene Vögel. Nichts mehr, was an dir je flattert. Kein Flattern deiner Hände bei deinem stündlichen Ein- und Abschätzen der Weltlage im Weltfernsehen. Kein Flattern deiner Zunge bei deiner Beschwörung von Freiheit, Demokratie, Regenwald und Ozonfilter. Nicht einmal deine Wimpernhärchen flattern mehr – wen wundert's, sind's ja mehr Borsten als Haare. Schaut, Leute, eine Vogelscheuche, an der rein gar nichts mehr flattert, nichts und wieder und wieder nichts. Ah, all ihr Weltpreisträger, die ihr in den

Journalen, Tagesthemen und Nachtstudios den Zugang zur Welt und überhaupt die Welt zerschnattert. Was soll bloß euer Elitespiel? Eure Eliteschau? Es gibt doch längst nirgends eine Elite mehr. Nur noch euer Elitengehabe. Werdet endlich wieder geheim. Wann werdet ihr endlich, endlich wieder geheim? *Übergangslos geht er weiter zum nächsten Passagier.* Ah, und noch ein Heutiger. Noch eine Zeiterscheinung. Nein, nicht Heuriger – so wurden doch früher einmal meine lieben Spatzen geheißen. Du weiteres Glied meiner Kette. Du weiteres Glied unserer Ketten. Habe die Ehre, du Hoher Kommissar, Emissär und Vermittler, oder was immer du darstellst und weiter darstellen wirst. He, bist also wieder auf dem Weg in ein anderes Land, von einem anderen Land in ein anderes anderes Land und von dem anderen anderen Land in anderes anderes anderes Land, undsofort in deinem Andere-Länder-Karussell. Und sag auch du: Warum bist du nicht zuhause im eigenen Land geblieben? Nein, sag's nicht. Ich werde es dir sagen.

Einfahrt in die nächste Station. Mehr Zusteigende als Aussteigende. Stationsname etwa HAMMERSMITH – TARIFA – MARIA SCHNEE. *Weiterfahrt.* DER WILDE MANN *nach Atem- und Einsummpause:*

12. Szene

Der wilde Mann

In deinem eigenen Land *(er nimmt vielleicht, statt des gerade Angesprochenen, einen Neuzugestiegenen aufs Korn)* wärst du dein Lebtag lang der Sesselträger geblieben. Wärst der Aktenschlepper und Füllfederhinhalter geblieben, als der du angefangen hast. Angefangen? Als der du in den Dienst getreten bist. Getreten? Geschlichen. Dienst? Unterschlupf. In deinem eigenen Land wäre nichts aus dir geworden, nichts und abermals nichts. Auch heute, in den anderen Ländern, ist nichts aus dir geworden, du Hoher Kommissar und Spitzenbeauftragter. Nur kannst du dort im andern Land dein Nichtsgewordensein mit Amtswalten bemänteln. Der Jammer und das Elend all der dritten und vierten Länder: dein und deinesgleichen Glück. Im eigenen Land der nichtige Wicht, im fremden Land jetzt der wichtige Wicht. Im Frieden Lakaien und Papageien, im Krieg von Geldwelt Gnaden Walter und Schalter, Cäsar und Hannibal, Helter und Skelter. Du mit den neuen Karrieren: Statt vom Schuhputzer zum Millionär: vom Dritten Sekretär zum Ersten Kommissär, vom Amtsdiener zum Fremdlandschiener – nein, auf deine Art von Karriere kannst höchstens selber dir noch einen Reim machen. So sei begrüßt als Neufigur im Großen Welttheater. Gerade noch sind wir zwei, du und ich, mit den Rotzglocken unter unserem Dorfmilchstand gehockt, und jetzt preschst du unter Sirenenschall in einer Kohorte von schwarzen Limousinen, Erbarmen, auf den Landstraßen ganz anderer Länder dahin, um die tausend mal tausend Schlaglöcher herum, an den ganz anderen Dörfern vorbei, ohne auch nur eine einzige Milchkanne weit und breit, und statt unser beider paarweiser paralleler Rotzfahnen wehen durch das ganz andere Land, Erbarmen, von euren schwarzen Limousinen schockweise die Schutzmächtefahnen. Dein einziges Lesen früher: die Zeitungsschnipsel, von dir ausgeschnitten im Auftrag deiner Amtsvorstände. Und heute: du dreifacher Buchautor. Damals zu unser beider Zeit: deine Traumberufe Obstdieb, Balljunge, Eckensteher und Stiftengeher. Und heute: du Fachmann in sämtlichen Fächern, vierfacher Torschütze, achtfacher Querfeldeinsieger, tausendfacher Friedensstifter in immer demselben anderen Land, tausendfach schon den Frieden dort gestiftet, der Stiftengeher als Friedensstifter, das Schattenkind als der Sonnenmensch. Und warum bist du dabei so lichtscheu wie eh und je? He? Warum zieht es dich hinter die getönten Scheiben, in die Hinterzimmer und in die Untergrundstollen? He, Freund, du stinkst mir. Dein Kaschmirmantel stinkt mir ärger als seinerzeit unterm Milchstand deine Schnellfeuerhose. Dein Armani-oder-sonst-was-Anzug stinkt nach Wüstenbenzin. Zurück mit dir ins Sekretärzimmer. Zurück mit dir aus der Sonnleite auf die Schattseite. Zurück mit dir vom Hotelstrand unter den Milchstand. Zurück mit euch von eurem Standphotogrinsen zu deinem, und deinem, und deinem Landstraßenwinseln. Wie schön unwissend waren wir zwei einmal, du und ich. Wie liebenswert begriffsstutzig unterm Milchstand. Und jetzt: du häßlicher Kenner. *Er lacht schallend. Er nimmt sich weiterer Fahrgäste an.* Aber du da, du bist kein Heutiger, ganz und gar kein Heutiger. Wahr ist vielmehr, daß du ein Heiliger bist. Du bist der Heilige Johannes vom Kreuz, und du der Heilige Franz, oder welcher Heiliger auch immer. Du bist der, der du immer warst. Nur bist du nicht mehr am Platz in deiner Heiligen-Ecke, in deiner Heiligen-Nische. Ständig den Blick himmelauf gerichtet: Was soll das? Was bringt dir das? Was bringt mir das? Was gibt uns das? Längst, mein Heiliger du, fängst du mit deinem Aufwärtsblick keinen Schimmer von einem Himmel mehr ein, mir nicht und dir nicht. Aus dem Himmel Bomben, sonst nichts.

Einfahrt. Stationsnamen etwa MONTES COLLADOS – FIEBERBRUNN – HUNGERLEITE. *Einige Zusteigende. Fast keine Aussteigenden. Weiterfahrt; und* DER WILDE MANN *weiter im Text:*

13. Szene

Der wilde Mann
Hör: Heilig wird man doch längst nicht mehr vom Stillesitzen. Ah, wärst du mit deinen Augen nur auf dem Erdboden geblieben, du mein verjährter Heiliger. Beim Staub der Feldwege. Bei den Zigarettenstummeln rollend im Wind. Bei den Distelkugeln rollend über die Steppe. Bei den Apfelbutzen im Kanalgitter. Bei den Präservativhaufen hinter der Wallfahrtskirche. Beim Dünensand in den Straßenbahnschienen. Mit deinem Himmelwärtsstreben gibst du schon lange kein Beispiel mehr. Von dem Plafond hier im Untergrundwagen scheint längst mehr vom Himmel wider als vom noch so bestirnten Himmel. Dein Christus oder Allah oder Buddha braucht keine Nachfolger. Mit deinem Heiligkeitsleben und -streben schaffst du nur ein schlechtes Gewissen, und nichts Fruchtloseres als mein schlechtes Gewissen. So hör endlich auf, mich zu beschämen. Wärst du mir wenigstens ein schöner Heiliger. Aber auch kein schöner Heiliger bist du mir. Das Braun deiner Kutte, schau, wie es sich schlägt mit dem Weiß deiner Heiligenlilie. Und eine Schmeißfliege schimmert schöner als die Wundmale in deinen Händen. Und tu was gegen deine verdrehten Augen. Kauf dir eine Heiligensonnenbrille. Und mach endlich selber ein Kind, statt all unseren Kindern scheinheilend die

Hand aufzulegen. Einzig die schönen Heiligen haben etwas zu bedeuten, lieber Johannes vom Kreuz und Franz von der Sonne. Und warum hast du statt Nachkommen und Nachfolgern bloß Nachäffer? Die noch um ein paar Braungrade häßlicher sind als du? So häßlich wie schlecht. Nachäffer, denen deine Sonnen-und-Dunkle-Nacht-Gesänge als Gezeter aus dem Mund kommen, gegen die angeblich Ungläubigen an den sie gar nichts angehenden Straßenecken und Flußbiegungen der fremdesten Kontinente, statt daß ihr uns mit ganz anderen Dingen selig machtet als mit dem Glauben. So gib zu, daß du deinen Weg ins Heiligsein hoch bedauerst. Daß du einen Purzelbaum rückwärts schlagen möchtest. Daß du dergestalt wieder landen möchtest zwischen den Beinen von Dolores. Ein Heiliger, der die eigene Schuld auf sich nähme – ja das wäre ein wahrer Heiliger. Heiliger der Schuld – wo bleibst du mir? He, du mein Heiliger, der du ständig das angeblich gottgefälligste Ding auf Erden vor dich herbetest: Die Frische der Augen im Gebet – wann betest du mir einmal die weiteren Gottgefälligkeiten her?: den Geruch von Moschus und die Schönheit der Frauen. Glocken und Zyanen, Thymian und Mohn, ach, kein fernes Ahnen hat dein Herz davon. Ah, Heiliger: bist heute, unter all den neuernannten Mitheiligen, in allerschlechtester Gesellschaft. Schließ dich davon aus, schließ dich mir an, zum Beispiel. Ach, Heiliger, ich werde für dich beten. *Unvermittelt wendet er sich wieder an einen anderen Passagier, einen weiblichen.* Bilde du dir nur nichts ein. Du bist nicht gemeint mit der Schönheit der Frauen. Und du heißt auch weder Dolores noch Mercedes, sondern Sandra Fiona Nadine. So wie all deine bisherigen Liebhaber David Kevin Marcello geheißen haben. Und du kannst gar nicht lieben. Dazu müßte nämlich etwas Schönes an dir sein. Aber du hast immer bloß schön getan. Sie hat mich nie geliebt, sie hat mich nie gemeint.

Einfahrt. Stationsname etwa: SIRENAS – MOABIT – FISCHAMEND – NIEDERSCHÖNHAUSEN. *Zusteigende. Kein Aussteigender. Weiterfahrt.* DER WILDE MANN *weiter im Text:*

14. Szene

Der wilde Mann

Deiner Art Liebe bin ich entgangen, Frau. Hast mich nicht in deine Falle gelockt. Wirst mich nicht in deine Falle locken. Lock jemand anderen da ein. Ich bin dir allzeit erfolgreich aus dem Weg gegangen. Schon auf der Straße hinter mir deine Absätze knallen hören: nichts wie auf die Gegenseite. Dein Stöckelschuhknallen: der einzige Rhythmus, den du beherrschst. Du hast mich angemacht, und ich hab mir mein Teil gedacht. Einmal den Klang deiner Bauchglocke überhört, und alles wurde wieder gut. Stürm weiter mit deiner falschen Energie vorbei an mir: in Wahrheit hast du's bloß abgesehen auf die meine, und dieser Raub, der wird dir nie gelingen. Schau mich an, wenn ich mit dir spreche, Frau. Ich bin's. Ich bin es. Was für ein Jammer, als Frau durch die Welt zu ziehen, nicht wahr? Besonders heutigentags, nicht wahr? Jammer und Groteske. Einsamer bist du heute, Frau, als je eine Frau zuvor. Früher hast du noch zuzeiten Teil der Engel sein können, mit Salben für die Wunden, und Flügeln vor dem leeren Grab. Und jetzt? Und jetzt? Und jetzt? Einsam, einsam, einsam stöckelst und schrammst du deine Frauenrunden. Allein wie noch nie auf den Straßen, allein in deiner Kemenate, allein im Kino, allein auf der Tanzfläche, allein in der Brandung, allein auf dem Kletterfelsen, allein in der Antarktis, allein hinter deinem Schalter, allein mit deinen Eltern, allein mit deinen Kindern, allein wie noch nie, ärger allein noch als Medea, und arg wie Medea tötest du deine Kinder, täglich, in Gedanken und in der Tat, allein mit dem und jenem Mann – nein, immer nur mit dem, und dem, und eben nicht mit *jenem* –, so allein wie noch nie, Frau. He, du einsame Jetzt-Frau: Schluß mit deinem Fälschen. Geh aus dem Bild. Stell ab dein Ohrring- und Halsbandklirren. Wirf dir den Schleier über und laß dir den Schnurrbart wachsen. Tauch in die Jauche als in dein Element und wasch dir den künstlichen Moschus ab; damit ich dich besser riechen kann. Werde krumm, humple und geh auf Krücken: damit ich dich besser sehen kann. Geh barfuß und auf Zehenspitzen: damit ich dich besser hören kann. Würz dich mit Urwaldschlamm: damit ich dich besser fressen kann. Ja, du hast ein Kind geboren, Frau. Aber Kinder, die sind's nicht, Frau. Deine Kinder, die können dir nicht dein Dasein vertreten. Deine Kinder werden dir nimmer und nimmer deine Liebe erfüllen. Verstanden, Frau? Verstehst du? Und ein Kind zur Welt gebracht zu haben, das ist aber auch kein Grund, schon im voraus deine Leidensmiene aufzusetzen. Ja, du bist deines Kindes wegen unter dem Kreuz gestanden und wirst deines Kindes wegen wieder und wieder unter dem Kreuze stehen. Aber jetzt ist fürs erste einmal jetzt. So mach das Wasser zum Wein. Und kapp deinem Kind die

Palmschopffrisur. Und verschone uns mit deiner Hausapotheke. Und mit deinen selbstgemachten Marmeladen. Und mit der Landpastete deiner Mutter. Und mit deinen Jugendphotos. Und geh mir neu die Straße hinunter. Und laß mich. Und gib Ruhe. Und gib mir Ruhe. Und gib mir einen zweiten Apfel vom angeblich verbotenen Baum, und einen dritten, und noch einen, und noch einen. Ah, je länger ich dich betrachte, desto schöner wirst du mir: Dreck! Dreck und Schande. Du falsches Versprechen. Ah, wärst du wenigstens noch ein falsches Versprechen, ein noch so falsches. Ah, Schöne du; die du bloß dich selbst erwärmst mit deiner Schönheit, statt mich mit dir. Äßest du wenigstens einen Apfel, auf daß deine Schönheit wirken könnte. Wann erwärmst du mit deiner Schönheit andre? Nie? Unschöne du. *Die so oder ähnlich Angeredete ist schon längst von ihrem Platz aufgestanden und hat sich an den Ausgang gestellt.* DER WILDE MANN *hat zuletzt ihren leeren Platz angeredet? Einfahrt nun in die Folgestation. Aussteigen der Angeredeten, die das Gesagte scheint's gar nicht gehört hat. Sonst nur Zusteigende. Gedränge auf der Sitzreihe. Name der Station etwa* DEUTSCHKREUZ – ÖLBRUNNEN – ARSENAL-PANTSCHEWO? ... *Weiterfahrt, und Weiterreden des* WILDEN MANNES, *in wie beschwingtem Auf- und Abgehen vor den Sitzenden, bei jedem einzelnen innehaltend für die jeweilige Bemerkung – welche auf den Adressaten gar nicht zutreffen muß ...:*

15. Szene

Der wilde Mann
Und das soll ein Schuhwerk sein? Schlüpfer als Schuhe? Was ist von einem, der sich so anzieht, zu erwarten? Kannst nur ein Nichtsnutz sein. Und du mit deinen doppeltgeknoteten Schlaufen da: das kann nur bedeuten, daß dir jemand andrer die Schuhe geschnürt hat, wahrscheinlich deine achtzigjährige Mutter daheim, auf den Knien vor dir, genau wie seinerzeit vor fünfzig Jahren vor deinem Schulweg. Und deine Bügelfalten da – nur pico, nicht bello – können nur bedeuten, daß du noch nie in deinem Leben etwas Rechtes getan hast und niemals etwas auch bloß halbwegs Rechtes auf die Beine stellen wirst. Und du da mit dem weiten und breiten Krokodilledergürtel: Glaubst du denn im Ernst, daß den außer dir weit und breit noch jemand schön findet? Und du da: der scharfrasierte Schnurrbart und die extralangen Koteletten in deinem formlosen Gesicht machen die Formlosigkeit deines Gesichts nur noch formloser. Ebenso wie bei dir da dein Schönheitspflaster. Von wegen Gesicht: was war das einmal für ein schönes Wort – von wegen Schönheit. Fehlt nur noch, daß du dir die Brille hinauf in die Stirn schiebst, oder gar auf den Schädel. Hast wohl auch dein einziges Kind so gemacht, die Sonnenbrille auf die Stirn geschoben? Und was ist bei solch einem Geschiebe herausge-

kommen? Und das Gel da in deinen Haaren: unterstreicht erst recht die Übergröße deiner Kinnbakken – und bei dir da, daß dein Kinn flieht. Und du da, Typ mit dem Pferdeschwanz: Gehst zwar immer und überall mit rollenden Schultern und wippendem Haarschwanz, kannst aber damit nicht überspielen, daß du außen hui und innen hohl bist, bis auf den Bandwurm, der an dir frißt, mit dem du dir jeden Morgen deinen Pferdeschwanz flichst. Und daß du da blind bist, das ist noch lange kein Grund, vor den Sehenden deine unendlich selbstzufriedene Blindenmiene zur Schau zu tragen und mir zu bedeuten, daß du keinerlei Hilfe brauchst und daß du umgekehrt gleich mir über die Straße helfen wirst; kein Grund, deine Blindenabgeklärtheit auszustrahlen, und an nichts sonst auf der Welt Anteil zu nehmen als an dir Blindem und an deiner Blindheit und an deinen Dunkelabenteuern als allzeit allein zurechtkommender Blindgänger. Warst wohl schon seit jeher innen blind. Kein Wunder also, daß du's dann auch nach außen geworden bist. Ah, würden doch all die Innenblinden auch außen mit Blindheit geschlagen: so könnten sie nicht das Unheil anrichten, das sie als Scheinseher täglich anrichten. Ah, Blinder du: wie kann man nur so blind sein. Da ist die Tür, nicht da! Ah, Blinder, wohin willst du nur? Um wieviele Ecken stochert doch ihr Blinden heute – die früheren Blinden tapsten wenigstens noch geradeaus. Oder? – Und daß du da fast noch ein

Kind bist (*der oder die Angesprochene hat gar nichts von einem Kind?*), ist keine Gewähr, daß du hier verschont bleibst. Zwar sitzt du da mit Beinen zu kurz, daß sie auf dem Boden aufkommen, und gehörst doch zu der berüchtigtsten Langfingerbande im gesamten Streckennetz. Und auf der Treppe vorhin hast du einen Krüppel umgestoßen. Und beim Einsteigen bist du mir auf die Füße getreten. Zuhause hast du deine Mutter geschlagen. Und vorher hast du deinen jüngsten Bruder in seinem Kinderwagen angespuckt. Und er hat zurückgespuckt. Ohne Zögern werdet ihr inzwischen gewalttätig, ihr Kinder. Keine Schwelle mehr kennst du vor der Gewalt, o mein Kind. Ja, schlag nur zu, schlag, box und stich. Ich sehe dir an: Du brennst darauf. Mach mich fertig, Kind. Erledige mich. Lasse mich hinter dir. Ah, wie lang schon gibt es keine unschuldigen Kinder mehr, oder? Und was hast du da auf unserer Strecke zu suchen, du Japaner oder Lettländer oder Senegalese oder wer oder was du auch bist? Schon deinem ahnungslosen Profil ist anzumerken, daß du einzig angereist bist, um im Weg herumzustehen und unsereinem die Perspektive zu stehlen. Hör endlich auf, mir meine Gegend wegzulächeln. Und wenn schon mit Photoapparat, so komm mir wenigstens mit einem, du Erfindervolk, der unsichtbar ist. Und verbeug dich vor deinen Götzen statt vor uns. Küß daheim deine Ikonen statt hier die Fremdenführerin. Tanz mit deinem Maisblattbesen statt in der exotischen

Tanzgruppe. He du: Zurück mit dir an deine Meere, ans Rote, ans Gelbe, ans Indische, ans Tote. Blas daheim in den Strohhalm statt hier beim Derwischkonzert in die Sufiflöte. Viel zu klein bist du für hier, und zu groß, und zu dunkel, und zu blaß, und zu sommersprossig, und zu schwarzhaarig, und zu blond, und zu rothaarig und viel zu viel, und viel zu wenig, und viel zu vertraut, und viel zu fremd – genügt es denn nicht, daß schon wir selber hier viel zu fremd für hier sind? Und genügen denn nicht die hiesigen Häßlichkeiten – daß ihr eure zentralafrikanischen, transsibirischen und ostkoreanischen noch dazutut?

Einfahrt in die Folgestation. Etwa die Hälfte der Passagiere steigt aus, in einem Pulk, wie auf Verabredung. Niemand mehr, der zusteigt. Name der Station etwa: WUTSCHEIN – CLAPHAM JUNCTION – LOS ALAMOS – TIVOLI – GABAU – SANTA CECILIA. *Weiterfahrt. Zunehmend enthusiastisches Ausholen und Sichaufschwingen des* WILDEN MANNES, *der dabei vielleicht zwischendurch auch mit dem Rücken zu den Angesprochenen steht, hüpft, tänzelt, tanzt ...:*

16. Szene

DER WILDE MANN

Und wer ist das schon wieder? Und das? Und das? Warum seid ihr heutzutage überall? Wie kann man nur so viele sein? Verschwindend viele. All das bißchen Schöne zum Verschwinden bringend. Heillos Häßliche. Erbarmungslos Häßliche. Wärt ihr wenigstens sagenhaft häßlich. Oder gar märchenhaft häßlich. Heilig häßlich. Aber nein: Ihr seid profan häßlich. Alltagshäßlich auch in euren Festkleidern. Noch nie gab es so viele stockhäßliche Brautpaare, und daran sind nicht nur die Photographen schuld. Gemein häßlich wie die Gemeinen Hundsblumen, nein, unendlich häßlicher, unendlich häßlich. Das kommt davon, daß ihr auf den ersten Blick schon erkennbar geworden seid. Du: Ich kenne dich: Du spannst beim ersten Regentropfen den Schirm auf. Und du: Auf dich wartet zuhause ein weißer Pudel. Wie der schon bibbert und winselt hinter deiner achtfach versperrten Wohnungstür. Wann wird es endlich Pudel geben, die nicht mehr wie Pudel aussehen? Die auch nicht mehr Pudel heißen? Woher bloß die Idee, ein Pudel könnte einen Kern haben? Und wann wird man endlich Zigaretten erzeugen, die keinen Rauch mehr geben? Rucksäcke, die wieder Rucksäcke sind, und nicht mehr eure rückenwärts getragenen Schminktäschchen? Und ich kenne dich: An deinem Grinsgesicht ist zu merken, daß du ein Durchstöberer von Satirezeitschriften bist, oder ein Kaugummikauer? Satirenbeschauer und Kaugummikauer, vereinigt euch! Und du, du bist klar ein Sportzeitungsleser, hast immer deinen Sturzhelm dabei – von welcher Hand ist er dir gestern gebaumelt?, wird er dir morgen baumeln? – und bist im Sommer um die Augen, bei sonstiger Schnellbräune, käsig weiß von deiner Riesensonnenbrille. Würdest du da dagegen in einem Winterfilm auftreten: Kein Frosthauch würde je sichtbar bei deinem Maulauftun. Und du: Dein ständiges Stirnrunzeln bedeutet keineswegs ein Nachdenken. Ich sehe in deinen Schädel hinein: leer, leer. Nichts als eine Klickmaus darin, armseliger als je die armseligste Kirchenmaus. Und ich sehe in dein Herz hinein: ein ausgetrockneter Ziehbrunnen in der Puszta. Und du da mit deinem gescheckten Pullover mit Tibetmuster (*die meisten seiner Evokationen treffen auf die Angeredeten gar nicht zu?):* An den Festtagen verstopfst du mir all meine Straßen mit deinen zehntausend Mitrollschuhfahrern. Ha, und du da mit dem Wippen deines Büroarsches in deinem türkisgrünen Waldlauftrikot, und deine Augen und Ohren dabei die bloßen Überbleibsel aus einer Vorzeit, wie der Blinddarm, oder die Milz, oder was auch. Und deine Hände da, statt ausgebildet zum Zupacken und Eingreifen, zurückgebildet zu Patschhändchen, seht doch, jedes Neugeborene hatte einmal nervigere Hände als du da heute. Und du da – ah ihr, mein liebstes Würfelspiel –

Neue Station: NOME – BERING – LIKAVITOS? *Wieder Aussteigen eines Pulks (es bleiben noch genug). Rasche Weiterfahrt.* DER WILDE MANN *weiter im Text:*

17. Szene

Der wilde Mann
– bist Mitglied der Seniorenwandertruppe Fürstenfeldbruck oder Pegasus, ich kenne dich: An der nächsten Station bist du mit deinen angejahrten Mitwanderburschen verabredet zum Schnellwandern zu den Ruinen von Port Royal. Deine Riege: so alt wie kregel, so kregel wie bunt. Umso älter, desto kregler und desto bunter. Und bei jedem Marsch bleibt einer von euch auf der Strecke, steht aus dem Straßengraben nicht mehr auf. Schluß mit dem Geschabe und Gewetze eures Schnellwanderplastikzeugs. Sollen deine kartoffelkäferhaft gestreiften Turnschuhe und deine marienkäferhaft gepunkteten Wandersocken denn auch noch aus deinem Sarg leuchten? Und desgleichen die phosphoreszierenden Seitenstreifen an deiner Trainingshose? Wie hat doch deine Arbeit, als sie noch Arbeit war, dich und mich verschönt. Und jetzt, ah, die viele, viele Freizeit: wie lumpenhäßlich hat sie dich gemacht. Arbeit, das Lebenszeichen. Und jetzt: dein Lebenszeichen: das Windmachen. Wind? Das Krachschlagen. Ah, alle die Freizeitkriege. Ihr trübgewordenen Gäste da. Ferngelenkt, statt von der Ferne gelenkt. Kehret um – bloß wohin? Denket um – bloß: in welche Richtung? Ja, müßt ihr denn eure tagtägliche Strecke hier haben? Euern affensicheren Weg? Auf mit euch ins Weglose –

bloß: gibt's denn das Weglose noch? Was ist mit eurer Steppenwanderschaft, Leute? Mit euerm Durchwandern des Roten Meeres? Eine Falkenfeder auf deinen Scheitel statt deiner nach hinten verdreh-ten Schirmmütze und statt deines Spitzhuts, der deinem selbstsicheren Seßhaftengesicht die Selbstsicherheitskrone aufsetzt. Und weg mit deinem um den Hals geschlungenen Künstlerschal da, mit den zwei haargenau parallelen Enden hinten haarsträubend häßlich auf deinen knochenhäßlichen Schultern. Und weg mit deinen Texanerstiefeln da, mit denen du auftrittst, als klopftest du an das Höllentor. Und du da, sofort durchschaubar: kleine Ohren, schwaches Gedächtnis. Und deine spitzen Augenbrauen: unglückliche Ehe, in die Scheidungen verliebt. Und deine kleinen Augen: verbirgst die Traurigkeit mit Schweigen – glaubst dich ins Schweigen entkommen – aber ins Schweigen gibt's kein Entkommen. Und du Reicher du: ein Reicher – ein Mensch zu viel. Ihr Leute heute: so häßlich wie noch nie welche. Du Unbekannte, bist erkannt: bist die, welche nach jedem längst getätigten Einkauf im Supermarkt endlos die Kasse blockiert. Klar, daß du nicht heimgehen möchtest zum Alleinsein in deiner kalten kläglichen Kummerkammer: Aber das ist noch lang kein Grund, daß du deinen Hinterleuten an der Kasse die Zeit stiehlst durch dein Endlos-Geschwatz mit der Kassiererin. Und du bist die, die beim Zahlen ebenso endlos in den Münzen deiner pelzbesetzten Börse klaubt, die ein Erbstück deiner Großmutter ist: schon an deiner Statur wird klar, daß du keinen an dir vorbeiläßt. Und du bist der, der beim Stehen an der Bar ebenso endlos mit einer deiner paar Münzen auf die Theke klopft. Und du bist der, der ebenso endlos Lotto und Toto spielt, von morgens bis abends rubbelt und zubbelt und noch nie etwas gewonnen hat – außer einmal zehn Dinar – und der auch nie etwas gewinnen wird. Und du bist der, der immer aus der Flasche trinkt, und bei jedem Schluck verschluckst du dich. Und du bist der, der wenn überall alle Plätze frei sind, sich mir direkt vor die Nase setzt und mich anschnauft, und ich muß vor dir die Beine einziehen. Und das Einzige, was du da gelernt hast, ist Rauchkringelblasen, aber dafür bewundert dich längst schon niemand mehr. Und du da, daß du einmal die große Liebe erlebt hast, das ist noch lange kein Grund, mit deinem verklärten Gesicht durch die Welt zu gondeln, mit dem ewigen Nachbild deiner Liebe in den verklärten Augen – Nachbild, ewig?: Ich lösche es – gelöscht. Und dir und deinem endlos geblähten Hals ist anzusehen: du weißt schier alles. Schon als Kleinkind hast du alles gewußt. Dir kann man nichts erzählen. Schon als Kind hat man dir nichts erzählen können. Indem du und deinesgleichen die Welt bevölkert, entvölkert ihr sie. Und du da, so ganz nach außen Gekehrter: außen, was gibt's denn da noch? Und du, ganz nach innen Gekehrter da: innen drinnen, was gibt's denn da noch? Und dir sehe ich an, daß du geschaffen bist für ein hundertjähriges Leben: Aber wozu das? Für wen bloß? Prost Mahlzeit. Und dir da sehe ich an: Du hast noch keinmal im Leben einen Stein übers Wasser tanzen lassen. Und du da: zu allem holst du großmächtig aus, selbst zu deinem Niesen – und dann kommt, wie bei deinem Niesen, nichts, kein Ton – nichts und wieder nichts. Und an deinem Gesicht da ist schon im voraus klar ablesbar, wie der oder die aussieht, zu dem oder der du auf dem Weg bist: dir ebenbürtig an Häßlichkeit. Und du da: daß du die Augen zuhast und dich schlafend stellst, das wird dir auch nicht helfen: du wirst dort ankommen, wo du nicht ankommen willst, und es wird jedenfalls nicht deine Heimat sein, und wenn, dann willst du überall sonst ankommen als in deiner vermaledeiten Heimat. Und du da: was für geduldige Augen du hast – deine Geduld: nimmt alles hin, auch das höchste Unrecht, am Nebenmann, am Nachbarn, an dir selber – wo gibt's die zu kaufen, deine Art von Geduld? Und du da: Was lachst du so still in dich hinein? Was gibt's denn heutzutage noch zu lachen? Was? Aber lach nur weiter – es ist ja das letzte Mal. Und du mit deiner Miene, als seiest du der Retter der Welt: wie leicht ist es inzwischen ja, ein RDW zu sein – man braucht nur eine andere Welt zu zerschlagen – ah, die andere Welt. Und du da, der du so versonnen deine Aktentasche anblickst: hast gerade jemand zu zehn Jahren Zuchthaus verurteilt. Und du, häßlicher Illusionsloser, mit der so weit aufgeschlagenen Zeitung, daß sie denen um dich den Platz wegnimmt: bist du so häßlich illusionslos geworden von deinem Zeitunglesen? oder warst du umgekehrt von Anfang an so häßlich illusionslos, daß dir nur noch dein Zeitunglesen blieb? Und du da: Wie du da thronst, bist ohne jeden Zweifel eine Lehrperson, eine, die ständig etwas verlautet, auch wenn sie nichts zu sagen hat, und daß deine Augen so leuchten, rührt daher, daß du gerade mit gezücktem Rotstift drei Dutzend Schulheften den Garaus gemacht hast. Ah, die Verletzungen. Aber angeblich sind die Verletzungen Nester für Blumen? Und du –

Einfahrt in die Folgestation. Aussteigen eines Pulks. (Es bleiben noch einige Passagiere.) Name der Station: AUSTERLITZ – PAVIA – LEPANTO – EPIDAUROS? *Weiterfahrt.* DER WILDE MANN *weiter im Text:*

18. Szene

Der wilde Mann
– du da, mit deinem fahrtlang dir vor die Brust geschnallten Kind: Was hat dein Kind dir bloß getan, daß es all die Zeit seine Mutter sehen muß? Und du mit deinem verbissenen Gesetzgebergesicht: was wird das bloß für Gesetze geben? Flores centes dies transierunt sicut umbra. Und ihr seid das Paar mit einer gemeinsamen Visitenkarte, auf der die Frau mit den Vornamen des Mannes trägt und auf der auch all eure Kinder aufgeführt werden: Herr und Frau Hans Müller und ihre pingpongspielenden und bis in die Abenddämmerung klarinettespielenden Kinder. Und du bist der, der zum Feierabend Cello spielt und dabei dauernd mitbrummt. Sag, wer kann es mit so jemand aushalten, sag, wer? Musik verbindet? Musik trennt, und wie! Musik entzweit, aber wie! Nichts, was so böse entzweit wie die Musik. Oder? Und du bist der, der schon im März vor mir am Bahnschalter ein Ticket kauft für den 13. September am Nachmittag, für seine ganze zahlreiche Familie – was Wunder, wenn ich wieder einmal meinen lieben Zug versäume. Und dich, dich habe ich einmal im Wald stehen sehn: Wie schön! so mein Gedanke: Endlich wieder einmal ein Nachdenklicher, ein Mensch. Aber du standest so nur im Warten auf deinen Hund. Ihr Leute von heute: so häßlich wie

noch nie welche. Selbst vom Glück und von der Freude nicht verschönt, sondern wie betreten, wie ertappt auf frischer Tat. Häßliche? Unschöne. Die Trauervorhänge vor euch gezogen, damit ihr aufhört, als Körper aufzutreten und wieder Silhouetten werdet, so wie es sich gehört für Reisende. Waren eure Körper nicht einmal Schriftzeichen, welche zusammenlauteten? Einmal? Nie? Jetzt jedenfalls: jeder Körper ein unentzifferbares Gekrakel, und nicht einmal ein Gott könnte das mehr lesen? Höchstens als Verunglückte würdet ihr noch eine Wahrheit ausstrahlen, Leute. Als Ertrunkene wärt ihr schöner als jetzt hier. Als Erhängte gewännet ihr Würde. Als in einem Einbaum auf die Hohe See Verschlagene gäbt ihr ein Bild. Doch wer weiß, wofür eure nichtendenwollende Häßlichkeit vielleicht gut ist. Eure Schönheit, käme sie unversehens zurück, würde mich vielleicht nur beunruhigen. Eure Häßlichkeit, so niederschmetternd sie ist, wirkt zumindest beruhigend. Eure Schönheit, Leute, sie würde mich erschrecken. Was mit ihr anfangen? Und ist zuletzt eure Häßlichkeit nicht sieghaft? Triumphal? Kein Gesetz gegen sie ausdenkbar, sie schafft selber das Gesetz. Und bleibt gegen die Übermacht eurer Häßlichkeit zuletzt nichts übrig, als sie und euch zu lieben? Aber, ah was gäbe ich dafür, sähe ich eure so übermächtige Häßlichkeit augenblicks in eine flehentliche verwandelt. Ah, wie würde ich vor eurer flehentlichen Häßlichkeit, innerlich wenigstens, auf die Knie fallen. Kind, spiel wieder Kreisel. Rempelt mich an, ihr da. Hagebutten und Feigen. Störche und Raben. Ja, die Liebe höret nimmer auf. Herr, verzeih ihnen, denn sie wissen nicht, was sie tun? Nein, verzeih ihnen nicht, denn sie wissen nicht, wie sie sind. *Und er schwingt sich auf zu den »letzten Schmähungen«.* Du da tust, als gehörtest du zum Angebot. Aber was hast du anzubieten? Was, he? – Aufgeblähter du: bist nie über dich hinausgewachsen, hast dich immer nur aufgebläht. Und du mit deinem Ohrring, der baumelt über einer zwölftaschigen Abenteuerhose. Abenteuer? Was für ein Abenteuer? Und nichts an dir, was man begrüßen könnte, außer vielleicht deine traurigen Schenkel da. Und du Heimkehrer von wieder einer Weltreise, die dich nur noch dümmer gemacht hat als du von Hause aus schon dumm bist, denn Reisen, nicht wahr, macht inzwischen dümmer als dumm? *Spricht er nicht immer mehr in Zwischenräume hinein, wo niemand ist? oder auch halb in den Zuschauerraum?* – Und du Windjackenmensch: wie du schon gehst in deiner Windjacke mit deinem Windjackengang, und wie du dabei alle paar Schritte deinen Abfall aus deiner Windjacke wirfst. – Ihr ewig Heutigen: Wie schön muß die Urhorde gewesen sein im Vergleich mit den Millionen und Abermillionen von euch Jetzthorden. Was tue ich nur hier in der weltweiten Fremdenlegion? Sitz nicht da, als sei dein Haarwirbel das Zentrum der Welt. Ja, der Kirschbaum in deinem Garten blüht am schönsten: denn so wie bekanntlich der dümmste Bauer die dicksten Kartoffeln erntet, so steht der Garten des bösesten Nachbarn in der prächtigsten Blüte. Ah, endlich Pferdehufklappern: nein, wieder nur eure verdammten Kofferräder auf dem Straßenpflaster, untermalt von den Schultaschenrädern eurer Sprößlinge. Ich sei der Dritte, aber bitte nicht in eurem Bunde. Wie häßlich still ihr seid: wer hätte gedacht, es könnte je so eine häßliche Stille geben? Und du Einskommadreivierfünf multipliziert mit der Wurzel aus siebenundachtzig. Und du Pelzmantelweib: wirst du mir endlich einmal die Tür aufhalten? Du Braunhaarige. Du Schwarzblauundgrünäugiger. Du Adlernasiger. Du Langbeinige. Du Breitschultriger. Du Schmalhüftige. Du böses Dekor du. Dem Augenschein nicht glauben? Leider kann ich nur noch dem Augenschein glauben. Wegschauen von euch? Auch so ist man verloren. Euch anschauen? Erst recht verloren. Du leidest? Er sie es leidet. Wir leiden. Sie leiden. Parzival! Lancelot! Ginevra! Tarsenefyde!

Einfahrt. Die Passagiere haben die Köpfe in die Hände gestützt. Ein, zwei haben – unabhängig vom Gesagten – geweint, vielleicht auch kurz aufgeschluchzt. Einer glitt auch von seinem Platz, wurde aufgehoben, gestützt. Einer hat sich, nicht gar auffällig, ein Messer in den Bauch gestoßen. Jetzt alle im Pulk ab, bis auf den WILDEN MANN.

Kein Zusteigender. Stationsname: DOLINA – LA PAZ – ERDBERG? *Weiterfahrt.* WILDER MANN *länger stumm. Dann die Lippen bewegend, unverständlich. Dann vernehmlich sein Blues allmählich übergehend in eine Art von Rock:*

19. Szene

Der wilde Mann
Endlich allein. Kein Mensch. Niemand, o niemand. Gewaltig. Herrlich. Endlich ist es hier menschenwürdig. *Er breitet die Arme im Abteil aus, macht ein paar Tanzschritte, spielt mit den Gegenständen – den Sitzbänken, Klappsesseln, Haltestangen, Feuerlöschern, usw., vor jedem Ding mit dem Ausruf:* Schön. – So schön ... *etc.* Paradiesisch allein. Endlich kann's losgehen. Niemand, o niemand. Himmel, kein Mensch. Kein in die Hose gesteckter gelber oder lila Pullover mehr. Kein durch die Knopflöcher wachsendes Brusthaar mehr. Keine Golf- oder Tennisschläger, keine Schistöcke, keine Fernsehzeitung, keine Leute-Seite und keine öffentlich plakatierten Gedichte aus drei Jahrtausenden mehr. Kein schönes Paar mehr. *Fast kommt* Der wilde Mann *ins Singen.* Keine Frauen mehr. Und keine Uniformen mehr. Und keine herabgezogenen Lippen mehr. Und keine in den Gürteln oder sonstwo steckenden Mobiltelefone mehr. Und keine rasierten Schädel und keine glatten Glatzen und keine Lang- und Kurzhaarigen mehr. Und keine kurzen oder langen Nasen mehr. Und keine Faltenröcke, keine spitzen oder rundkappigen Schuhe, keine lackierten Fingernägel und keine Tätowierungen mehr. Und keine Aktenköfferchen mehr. Und keine Thermosflaschen mehr. Und

keine Monats- und keine Jahres- und keine Ermäßigten- und keine Freifahrtenausweise mehr. Und keine Flüchtlinge aus Ost- und Westeuropa mehr. Und keine Arbeitslosen und Bettler mehr. Und keine Inkognitoberühmtheiten mehr. Und keine Lokalreporter und keine Photographen mit versteckter Kamera und keine heimlich mit mir mitschreibenden Dichter mehr. Und keine Polizisten in Zivil mehr. Und keine Harmonikaspieler mehr. *Er singt und musiziert nun momentlang tatsächlich, Harmonika?* Ich kam zu den Meinen / Und die Meinen haben mich nicht erkannt. / Ich kam zu den Meinen / Und habe die Meinen nicht erkannt. / Ich bin der kranke Nachbar / und werde meinen kranken Nachbarn töten. / Störche und Raben / Pappeln und ein Moorsee ... *Der Zug scheint zu beschleunigen. Klirren, Krachen, Schwanken, Getöse. Am Tunnel schimmert für Augenblicke eine nackte Felsstruktur hervor? Im Wagen Lichtflackern? Danach gleich die übliche, unauffällige Weiterfahrt, kaum wahrnehmbar, mit dem* WILDEN MANN *allein. Dieser setzt sich endlich, mit dem Gesicht zu den Zuschauern, wie zuvor auch die anderen Passagiere. Er streckt die Beine aus, zieht sie dann an sich, dann unter den Sitz.* Ha, so schön niemand hier. So schön allein. Wenn es wo schön ist, wird es dort, wo es schön ist, überall. Nicht wahr? Genauso wie es dort, wo man Angst hat, überall wird, nicht wahr? *Er spielt einen kleinen Dialog mit sich selber.* Steigen wir bald aus?

Ja, wir steigen bald aus. – Gehen wir dann was trinken? – Ja, ein Glas Milch. – Wann ist in diesem Jahr Ostern? – Ich glaube, erst gegen Ende April. – Darf ich dich heimbegleiten? – Nein, niemand wird mich begleiten. – Ach, niemand? Ach, niemand. *Er kommt in ein kleines, wie panisches Durcheinandererzählen, wobei er sich immer kleiner zu machen scheint, den Kopf zwischen die Schultern und die Hände zwischen die Knie stekkend.* Den ganzen Sommer badeten wir im Mühlbach. Auf der Kuhweide zeigte uns das Nachbarmädchen seine Ritze. Hinter den Gasmasken unsrer in der Tundra gefallenen Väter wurde es uns heiß und stickig, aber wir rochen damals ums Leben gern an dem Gummirüssel. Und wißt ihr noch, wie ihr, als ich neu in eure Schulklasse kam, Platz machtet, mir nichts dir nichts, mitten unter euch? Und was für Augen ihr hattet an jenem Oktobermorgen, als ihr mir damals zu Tausenden und Abertausenden auf der Mariahilfer Straße, oder war es der Trg Republike? oder die Puerta del Sol?, entgegenkamt, solche Augen, alle, alle. Und wartet: der Schütze des entscheidenden Tores damals, den wir alle zusammen auf den Schultern trugen, auf unseren Schultern, wir alle, alle. Und wartet, so wartet doch: der Sarg des Freundes, unseres Freundes, den wir alle gemeinsam an Seilen hinunter in die Grube ließen. »Der Aufschlag eines Sarges auf die Erde ist etwas vollkommen Ernstes.« Und, he, wartet: Unsere Untergrundfahrt gemeinsam auf der Süd-Nord-Linie, von der ersten Station bis zur letzten, wo, ausgestiegen alle gemeinsam an der Großen Nordendstraße, wir uns untereinander zum Abschied gemeinsam grüßten, obwohl wir uns untereinander gar nicht kannten und uns auf der ganzen Fahrt mit keinem Wort unterhalten hatten? Wie geht es euch heute? Wie schafft ihr es alle bloß, so ohne weiteres heimzufinden? Habt ihr wohl eure Türschlüssel dabei? Ein Wunder, jedesmal heimzukommen? Eine Abartigkeit. Warum nicht immer so weiterfahren bis ans bitterselige Ende? Was ist eure Schuhgröße? Fehlt euch nicht auch der erste Schnee? Wo kann ich mir solche gestreiften Hemden kaufen wie die euren? Verrätst du mir die Adresse deines Friseurs? Läßt du mich die Hand noch einmal um deine himmlische Hüfte legen? Ah, die glockigen Fransen an deinem Kleid. Ah, deine Laufmaschen. Ah, euere Seitenscheitel, links und rechts. Und wo sind alle die Linkshänder geblieben? Und die Zitterer? Und ah, die ersten Züge nach dem monatelangen Streik damals, der Waschwassergeruch in den noch leeren Waggons, und dann die ersten Passagiere. Und ah, deine zerrissenen alten Handschuhe an der Haltestange da, gerade noch, ah ich könnte sie küssen. Menschenschönheit, wo bist du? Rette mich, Schönheit. Überraschend schön wart ihr zuzeiten, schön in der Mehrzahl, schön als Mehrzahl. Euch wegdenken: Welche Wohltat, euch wegzudenken. Euch wegdenken, war, sich freidenken.

Wo bleibt ihr, daß ich euch wieder und wieder wegdenken kann? Kommt zurück – nein, nicht ihr – eure Bilder. Sonst seid ihr immer und überall – aber wenn man euch einmal braucht, fahrt ihr auf den anderen Strecken. Es war doch zeitweise erstaunlich mit euch. Erstaunlich? Ja, erstaunlich. Nicht gerade dramatisch, aber abenteuerlich. Besser so? Schöner so? Ah, meine Sehnsucht nach dem allerdichtesten Gedränge. Und wie ihr zwei Hübschen euch unterwegs zerstritten und am Ende doch noch versöhnt habt: wie ihr beim Auseinandergehen in die verschiedenen Richtungen euch nacheinander umgedreht habt, jetzt du, jetzt du, aber nie im selben Moment – und endlich dann noch im selben Moment: ach, war das schön. *Er wird immer leiser.* Ach, allein kann ich einpakken. Wo bleibt ihr, liebe Häßliche? Wann endlich springt von eurem Dahergestampf die Tür hier auf? Ja, das Himmels- oder Oberlicht haben wir uns wohl verscherzt für immer. Oder? Nur noch hier im Katakombenlicht kommen wir zum Vorschein? Oder? Bist herabgestiegen hier in den Untergrund, um nicht allein zu sterben? Erwartetest die letzte Festlichkeit hier unten im Getümmel? Und wirst nun doch allein sterben, sei beruhigt, sei nicht beruhigt –

Einfahrt in die Folgestation: BARNET – NUEVA NUMANCIA? DER WILDE MANN *bleibt hocken. Wie antwortsuchendes Husten. Wie antwortsuchendes*

Seufzen, auch Stöhnen. Wie antwortsuchendes Pfeifen. Wie antwortsuchendes Flöten, sehr schrill. Niemand. Ein einzelner Zusteigender dann: eine Frau von blendender und zugleich medusenhafter Schönheit, entsprechend kostümiert, in Richter- oder Rächerrobe. Er krümmt sich vor ihr noch mehr zusammen, wie auf einer Armensünderbank. Weiterfahrt zur letzten Station.

20. Szene

Die Zugestiegene oder Wilde Frau *nach einer Pause, auf und ab gehend, zwischendurch auch mit dem Rücken zum* wilden Mann. *Dann gähnt sie ihn an. Dann fletscht sie ihn an:*

Zu spät. Zu spät kommt deine Reue. Du Friedensstörer. Du Störenfried. Du wolltest uns wohl das letzte Wort gesagt haben? Aber so kommst du mir nicht davon. Trübe Gäste? Nein, du, der trübe Gastgeber. Lieblos wie ein enttäuschter Liebhaber. Oder wie ein unglücklich Verliebter. Nur solche können so gründlich lieblos sein. Oder? Oder? Schau mich nicht an, wenn ich dich anrede. Wenn du mich anschaust, ist es um dich geschehen. Der wilde Mann *schaut weiter unverwandt zu ihr auf, bewegt sich allmählich im Rhythmus ihrer Suada, mit Kopf, Schultern, Hüften, Knien und Sohlen, in einer Art Sitztanz.* Dein Schönheitswahn dein Verderben. Der Schönheitsbedürftige muß elendig enden, und recht geschieht ihm. Du Schönheitssucher: hast so dein Herz verloren? Hattest wohl nie ein Herz, vor Schönheitswahn? *Sie macht eine Geste des Augenausstechens und des Halsdurchschneidens.* Weg mit dir. Hinweg mit dir in die Menschenferne und die Menschenleere. Dort wirst du japsen nach der hiesigen Häßlichkeit und der häßlichen Hiesigkeit und ausrufen in einem fort: Ach, liebe Häßliche, wo bleibt ihr mir? Auf eine unbewohnte Insel mit dir? Nein, auf einen unbesiedelten Planeten, wo der ewige Frühling herrscht, samt nichtendenwollenden Schäfchenwolken am ewigrosa Himmel. Dort wirst du das Gesicht allein in den Wind halten, Freund. Unsterblich allein wirst du dort sein dürfen, allein mit deinem rosaroten Firmament. Und die Büsche und Bäume dort, alle mit samt- und seideweichen Blättern, werden dir in einem fort über Stirn und Wangen streichen. Und Falter in Paradiesfarben werden alldort von Morgen bis Mitternacht auf dir landen. Und Milch, Honig und Selterswasser werden dir dort fließen sommers wie winters. Und sämtliche Paradiesvögel werden dir dort aus den Händen picken – selbst der böse Adler, der dem Prometheus die Leber zerhackt. Und eine beständige laue Brise wird dir die Seiten deiner endlich ins Unendliche zu lesenden Bücher umblättern. Und dein Kaschmirschal wird dich von früh bis spät und spät bis früh umhalsen. Und dein unzerreißbares Baumwollhemd wird dich herzen. Und deine unverwüstlichen Lederflicken dich beknieen. Und dein Cape dich in unbeirrbarer Treue umfangen. Und die Schneeflocken werden dir zärtlich den Hinterkopf tätscheln. Und so wirst du bis zum Sanktnimmerleinstag allmächtig allein durch dein Steppengras taumeln und mit der Seele baumeln. *Sie macht eine Geste des Köpfens, Aufhängens und Erschießens.* Strafversetzt auf deinen Stern allein: alles wird dir unendlich schön und endlos schrecklich sein. Winseln wirst du dort noch nach dem Anblick eines Topfhuts auf einem geschrumpften Altweiberschädel. Flehen um die Begegnung mit einem kackbraunen Lodenmantel. Lechzen nach einem zünftigen Stammtischgrölen. Ächzen nach dem Gequietsche eines Koffers auf Rädern. Schluchzen in Gedanken an die grünen Nachbarfensterläden. Juchzen in Erinnerung an alle die Gummipflanzen neben allen den Fernsehern. Tapsen nach einem zu dir verflogenen orangenen Pingpongball. Japsen und grapschen nach allen den verrutschten Strumpfhosen, nach dem Aufknallen von Stöckelschuhen, nach dem wippenden Frauenkurzhaar, nach der Pelzmantelträgerin, die auf Plastikkrücken ging, nach dem Mädchen, daß dir im Vorbeigehen seinen Kaugummi ins Gesicht platzen ließ. *Sie nähert sich ihm unter weiteren Gesten des Andenkragengehens.* DER WILDE MANN *blickt fortgesetzt unverwandt zu ihr auf, begleitet weiter ihre Gesten, wiederholt sie, oder nimmt sie voraus, hängt jeweils schon im voraus an ihren Lippen.* Ja, Häßlicher du. Allerhäßlichster, der du alles verhäßlichst mit deinem häßlichen Blick. Allein, wie du schon dahockst, mit den einwärts verkehrten Füßen, die Daumen verdrückt in die Fäuste, den Schädel schief zwischen den Schultern, so halslos wie haltlos. Und so jemand erwartet sich für jede Station eine Schönheitskönigin? *Wie an die Zuschauer:* Schaut doch, wie alles an dem da in die falsche und dumme Richtung geht. Wie ihm sogar die Haare in die falsche Richtung fallen, da, die dicke dumme Strähne über seinem einen Ohr. *Sie wirft ihm zusätzlich, fast wortwörtlich, einiges an den Kopf, was er selber zuvor auf die Mitfahrer gemünzt hat. Das Gesagte trifft nicht zu?* Und schaut, wie ihm der Adamsapfel ruckt und zuckt, als wären's zwei Adamsäpfel, oder drei. *Das Gesagte trifft nicht zu?* Und sein Rollkragenpullover mit dem Reißverschluß bis hinauf unters Kinn, mit der blechernen Lasche ganz oben am Verschluß: wie sie wackelt und klappert und scheppert. *Sie wiederholt einige seiner vorherigen Schmähungen. Das Gesagte trifft nicht zu?* Und schaut, das Riesenportemonnaie, wie es ihm hinten aus der Gesäßtasche ragt, so riesig wie miefig und leer, bis auf das wie eine Kostbarkeit gefaltete zeitgenössische Gedicht. Du: verholzt von deinem Schönheitswahn. Du: verkümmert vom Schönheitssuchen. Ja, wußtest du denn nicht, daß heutzutage die Schönheitssuche und die Verkümmerung Hand in Hand gehen? Natur- wie Geschichtsgesetz. Daß einem, der andauernd Ausschau hält nach etwas Schönem, die Augen austrocknen? Natur- wie Geschichtsgesetz. Daß vom Schnappen nach der Schönheit die Lippen zerreißen und die Zunge verdorrt? Daß vom Äugen nach dem Schönen einem die Augen hervorquellen wie bei einem Frosch in einem Jauchesumpf? Und wußtest du nicht, daß du dir, mit einem Dasein abseits, unter einem scheinbar größeren und schöneren Himmel, das Dasein und den Himmel verscherzt? Ah, du und dein »Die Schönheit hat recht – die Schönheit ist im Recht – die Schönheit ist das Recht«: Jetzt hast du dein Recht, Mann. Hier hast du dein Recht, Bruder. Hier hast du deine Strafe, Baby. Du ... du ... du Monolog du. Und in Wahrheit müßte meine Rolle hier dreimal so lang sein wie die deine.

Die Medusenschönheit oder WILDE FRAU *schießt leibhaftige Schlangenblitze oder Blitzschlangen auf ihren Delinquenten. Der hat all die Zeit weiter an ihren Lippen gehangen, hat momentweise auch mitgesummt. Jetzt will er, aufgesprungen, hierhin und dorthin flüchten. Dann aber flieht er ihr unversehens entgegen, stracks hin zu ihr, sucht Zuflucht bei ihr, der Vollstreckerin. Und was bleibt ihr übrig, als die Vollstreckung vorderhand einzustellen? Zugleich mit seinem ihr-Zuflüchten taucht nun die Untergrundbahn hinauf in die Taghelle, das letzte Streckenstück ist oberirdisch. Himmel, Dünen? Leere, Licht. Fahrt zwischen frischgrünendem Laub. Die beiden episodisch eng aneinander, Silhouetten vor einem sonnigen Hintergrund. Halt nun am Endbahnhof. Dieser vorerst ohne Namen, nichts als Zahlen um Zahlen, wie vorn von den Bahnsteigen bis tief hinein in die Horizonte, so daß die Station überzugehen scheint in eine andere, größere, weiterführende. Jetzt leuch-*

tet doch der Name der Übergangsstation auf: TOISIN – AUTOISIN – POTAMOISIN. *Hinzutreten jetzt ins Szenenfragment, von sämtlichen Seiten, auch aus dem Zuschauerraum?, sämtliche während der Untergrundfahrt Zu- und Ausgestiegene, und vielleicht auch noch etliche mehr. Wie auch immer sie vorher aussahen: sie haben sich herausgeputzt und schön gemacht, ähnlich der* WILDEN FRAU. *Der einzig Unscheinbare oder Unansehnliche ist nun der* WILDE MANN. *Er löst sich von der Frau, wie noch einmal davongekommen?, lacht, leicht, oder kläglich? Allgemeines stilles Lachen? Oder ist es ein Weinen? Pause. Dann eine Stimme wie aus dem* BAHNSTEIGLAUTSPRECHER?:

He, am schönsten war's, wenn man nicht wußte, wohin man führe; an welcher Station man ausstiege; wie's dort aussähe; was einen dort erwartete. Es war eine herrliche Zeit. Es war eine mächtige Zeit. Es war die schönste Zeit.

Die Durchsage wird in Abständen wiederholt, auch dann im Dunkel.